cassettes
discs/disks
videos
bks/pamphs

W9-DDU-159

BUENAS NOCHES, LUNA

Por Margaret Wise Brown
Ilustrado por Clement Hurd

Traducido por Teresa Mlawer

WITHDRAWN

 Una rama de HarperCollins*Publishers*

Rayo es una rama de HarperCollins Publishers.

Copyright 1947 by Harper & Row, Publishers, Inc. Text copyright renewed 1975 by Roberta Brown Rauch. Illustrations copyright renewed 1975 by Edith T. Hurd, Clement Hurd, John Thacher Hurd, and George Hellyer, as Trustees of the Edith and Clement Hurd 1982 Trust. Translation by Teresa Mlawer. Translation copyright © 1995 by HarperCollins Publishers.

Impreso en los Estados Unidos de América. Todos los derechos reservados. Para recibir información, diríjase a: HarperCollins Children's Books, a division of HarperCollins Publishers, 1350 Avenue of the Americas, New York, NY 10019. www.harpercollinschildrens.com

Library of Congress ha catalogado esta edición.
ISBN-10: 0-06-026214-1 (trade bdg.) — ISBN-13: 978-0-06-026214-3 (trade bdg.)
ISBN-10: 0-06-443416-8 (pbk.) — ISBN-13: 978-0-06-443416-4 (pbk.)
❖

En la gran habitación verde,
hay un teléfono,
un globo rojo
y un cuadro . . .

. . . de una vaquita que salta sobre la Luna

y otro más con tres ositos sentaditos en sus sillas.

Dos gatitos juguetones,
dos calcetines
y dos mitones.

Y una casa de muñecas
y un ratón que corretea.

Y un cepillo y un gran peine y papilla en un tazón.

Y una amable viejecita que teje muy calladita.

Buenas noches, habitación.

Buenas noches, Luna

Buenas noches, vaquita que salta sobre la Luna.

Buenas noches, lamparita
Buenas noches, globo rojo

Buenas noches, tres ositos
Buenas noches, tres sillitas

Buenas noches, gatitos juguetones

Buenas noches, lindos mitones

Buenas noches, relojes
Buenas noches, calcetines

Buenas noches, casita

Buenas noches, ratoncito

Buenas noches, peine
Buenas noches, cepillo

Buenas noches, nadie

Buenas noches, papilla

Buenas noches, viejecita
que tejes tan calladita

Buenas noches, estrellas

Buenas noches, cielo

Buenas noches, ruidos

¡Buenas noches, Tierra!

Harris County Public Library, Houston, TX